動物之歌

秋子 著

长江出版传媒 | 长江文艺出版社

秋子

"80后"，毕业于华中师范大学

"时光之家"艺术沙龙发起者

（王燕来　摄）

目　录

第一辑

第二辑

第三辑

第四辑

第五辑

第六辑

第一辑

春　天

湖边草地新绿
阳光展开了它的翅膀

红叶铺满小径
一场葬礼刚刚举行

树冠在天堂摇曳
影子寻找生灵

所有离去的
都将归来

完　全

大堆的书未看而不必急于阅读

听他人谈论未知的东西不必急于追问

不必急于给百合花浇水

这一天如果有好太阳就晒到黄昏

很久没写下什么也不要紧

想做决定就做决定，不想决定就不决定吧

未来太遥远，无须现在就恐惧

生病了就静静地和病待在一起

不必牢牢地挽住什么

想抱的时候就紧紧地抱住

说出口的话都是该说的

这一天和过往的一天并无界限

月光消弭与缝合着从日光下走来的事物

一个人在月光下可以将自己完全聚拢

也可以完全地散开

习　惯

习惯了独自开门
一个人拿杯子，喝水
一个人收拾桌子，晚餐

习惯了携带一个分离的自己
习惯了迅速地将自己找回来

习惯了在每一个停下来的瞬间
看到一个个缝隙，有光的事物在那里
稍纵即逝。习惯了在一张床上并不深地入睡
你置身黑夜仿佛浮游在大海上
习惯了从空气中走过，在尘埃里
拈取
鲜活的气味

没有什么是，不能习惯的
没有什么，是一个安静的容器
盛放不下的

幻想曲

这多美好啊

我们不再相恋

不再有丝毫痛苦

谈到下雪的时候真的是在谈天气

谈到画的时候真的在谈艺术

谈到彼此的生活

就是真的关心生活

谈到自己时

我们就谈论宗教

风吹树

你有没有，像我一样，等待风
不知道从哪个世界吹过来
整片森林都和你一起等待
像我一样，看高高的树冠
摇曳着，它们亲吻风的样子
是盛大的，隐秘的
你有没有，像我一样，听风
吹树的声音，无数细小的光
跳动着，赞美诗安静地吟诵着
你有没有，像我一样，怀抱着
落叶，再也分不清是风带来的
还是树，带来的
你有没有，像我一样，回到人世
身上带着
被吹过的痕迹

光

青草地上有光，那青色的光，弥漫了整片树林
那光中可有什么在降落？
可是在演奏安魂曲？
那深不可测的水，如此静谧，是为了藏下邪恶？
奔跑的人停下来，看着对岸，满怀恐惧与爱意
没有生灵在此刻安睡
没有一丝宁静
加入到更大的宁静

童 年

小小人儿
蓝里黄里走着
故意张开翅膀
油菜花落了一地
不觉心疼
湿了衣襟也罢
路旁一棵大树
树下一只小庙
小庙尖尖的
他打庙前过
看了看四周
看见了一只
童话书里的
兔子

雪

第二十八年
冬至刚过
雪就落下来了
黑暗中
有人推开了窗

二十八年了
雪总会到来
就好像
黑发悄悄变白
好像
一夜之间——
你已经知道
有人喜欢童话
有人会
感觉寒冷

二十八年了
没有奇迹发生
下雪了
就去湖边散步
冬天会起风
风在林梢振荡
尘埃落满人间

夏　至

当她奔跑着即将融入梧桐树的深绿
对岸垂钓少年的浮标抖动了一下
打太极的老人缓缓抬起了手掌

大片的绿倾泻而下
白衣人坐在空旷的背景中
有三种声音来自不同的时空
风抖动树冠
鸟群在空中扇了一下翅膀
蝼蚁在地底奔忙后歇息下来

白衣人双手合十
"把尘埃交给我。"

她在深绿的背景里转身
有三种声音来自不同的时空
白衣人双手合十

"把尘埃交给我。"

梧桐树将它的深绿慢慢合拢

白　露

一个人若总是在散步
立秋到白露的距离
就会变短

我曾在一个黄昏
仔细地想过
天上飘过的那团云
它的童年
它拥有的爱
它在这一天的心情

老　人

在公交车上
我给一位老人让座
他致谢后
坐了下来
他告诉我
他每天下午三点出门
买菜
因为
阅马场的土豆比水果湖的便宜
五毛钱
他说
他八十了
只记得三条公交线路
其中一条
是从水果湖开往
阅马场

下　午

下午起了雾
雾越来越多
雨不知是什么时候下起来的
天黑得早了
路灯下
走着行人
这样的日子
无须拉上窗帘
无须去想
雾散以后的事

从上午到下午
就像来到
另一个人间

阳　光

一

有一天
生活会这样呈现
你就是你热爱的事物
你热爱的事物就是你
你就是你正在做的一切
你正在做的一切就是你
陪伴、相爱，都成为日常
它们是如此自然，袒露在阳光下
那些距离、缝隙都恰好
包含了你，你贪恋的样子
也如此满足，阳光照见得
如此彻底，那些跳动的
阴影，也有了
慈悲的模样

二

这一生怎样被它照射都不够
在阳光下出现过的你
在夜晚便该隐藏好自己
便该告别，遁形

黑暗之光

直到风起，树影犹疑

一束光
来到世上
将黑暗驱散
男人女人
来到世上
关节，发梢，凝固的下巴
呼吸之间，光，跳跃
没有声音的夜
男人的手上有光
男人的另一只手，脱下女人的鞋袜
抚摸她受伤的脚趾

直到，黑暗聚拢，枝叶低垂

月　光

夜晚的月光那么明亮
那么明亮的月光啊
你只是看了它一眼
你像往常一样
像往常一样匆匆入睡

为了第二日清晨
能按时醒来
你只能在梦里想
那么明亮的月光啊
也并不罕见
它时常存在着
在一段文字里幻化出来
由一段乐曲勾勒出来
在一幅画里亦动亦静
甚至，它在烈日下的树影中闪耀过
在车轮的呼啸声中穿行过

它只是不像现在这样具象

像现在这样

它的美，浸润着夜晚

无边无际

雪花那个飘

走进那家店

老板连眼皮都没抬

他让我自己挑水果

自己称重量

自己在抽屉里找零钱

他盯着一个 14 寸的黑白电视

屏幕里，一个女人正在跟一个男人

学说方言

剧情正进展到了

最美好的部分

走出水果店

外面风很大

我的丝巾差点被风卷走

我想起昨晚

我又失眠了

我想起那个

坐在一堆干瘪水果中的男人

他看的那部电视剧

叫

雪花那个飘

动物园

一

达尔文说人是猴子变的
我不相信
我见过在印度的大街小巷从人手里夺食的猴子
也见过在铁栅栏后面被孩子们的馒头砸中的
　　猴子
它们都一样欢乐
吃饱了晒太阳　　逗其他的猴子

我宁愿相信
人是大象变的
我见过热带雨林里的大象
它们的眼眸里倒映着整座森林的绿色

二

婴儿穿着虎头鞋
动画片里放着很萌很萌的老虎
会跳舞的老虎
《野性的呼唤》那本书里
主角是一只狗，最后变成了老虎
男人说，老虎是他的女朋友
到底哪一个，才是真正的老虎呢
迷惑
这皮毛美丽又肮脏的兽类？
在它转过身朝向人群的那一刻
它的眼神
也是迷惑的

三

长颈鹿是一种神秘的动物
它半倚在阴影里
露出长长的优雅的脖颈
和一点点健美的身躯
它在非洲草原上奔跑时是神秘的
它从清晨的露水中醒来时是神秘的
他只要站在那里
就很神秘了

四

草坡是孩子们的
骑自行车的小狗熊是孩子们的
吃面包的黑天鹅是孩子们的
照相机下的一切都是孩子们的
孩子们快乐的尖叫
让我有些担心
他们会不会认为他们可以随意围观
栅栏内的任何事物

此　生

那个独自面向大海的人
转过身来

那个在路上的人
选择再次上路

那个一直无怨无悔的人
终于泪流满面

有一天
微笑的你
与我偶然相逢

多年以后
在一个月圆的晚上

我们不必

再为此生

百感交集

路

有一晚
我从那条路上经过
一辆三轮车和一辆小轿车撞了
正堵在上坡处纠纷
坡下是一母婴店
已打烊
旁边的杂货店门口
小女孩在路灯下写作业
隔壁的 KTV 金碧辉煌
三名女子窝在沙发上
穿一样的黑红裙子
一个光膀子、戴金链条的男人站在对面
往前，玻璃门后面
盲人师傅正在给老太太揉肩
老太太闭着眼呻吟
路的尽头，是一家药店
门口的万艾可广告牌十分显眼

我想起那条路上还有水果店、餐馆、仓库——
它们都像月光一样隐身了
我想起
某天早上经过时
那条路是另外一个样子

公　园

枫杨古典，雪松虚空
池杉深邃
玉兰浓墨重彩
光追着背影
光追着的背影不能称作人

塑料纸飘在树梢
花车在孩子们的手中摇
风俯冲下来时
梧桐树皮哗啦——

哗啦
这排山倒海
人脸上的惊惧
这闹市中安坐一隅
竟也有一念
生起

世俗生活

我爱世上的每一棵树，每一棵树
到另一棵树之间，长长的舞步
我爱世上的每一片叶子
每一片叶子所包含的，小小时间
我爱每一朵花，从出生到消陨
爱它掠尽了美，与颜色
我爱光线，爱它覆盖一切而从不被一切觉知
我爱温度，爱我在它之中的静默
我爱城市，爱它在灰霾中显现出来的轮廓，
　　爱它
与地球相依的样子。我爱黄昏的菜市场，我爱
　　我是无数行人中的
行人，无数忙碌之中的忙碌者
我爱——所有的孩子，爱他们将要经历
悲泣和欢喜，而悲泣和欢喜早已在，他们之中
我爱陌生人，爱那每一盏流动的灯
相互照耀，独自熄灭

我爱——
我爱许许多多的事物，就像我不爱
许许多多的事物一样

很多年了，我有了
我的
世俗生活

夜　行

就这样

你的马车

自由地行驶

夜晚的每一条路都向你敞开

每一盏灯里都包含能照亮你的光

道路有多少条

你就要前行多久

灯有多少盏

你就有多少不感到疲惫的理由

我不会坐上你的马车

最黑的夜里

天堂和地狱都近

我步行去地狱看看

那里有我的旧身

它值得

它曾经遭受的所有

酷刑

雪

一

一场雪是难得的事物
这飘拂的样子多么相似，它覆盖下的人间
亦是你熟悉的气味，亦有无数种陌生
在其中繁衍，雪来时，你停顿了一下
而雪花与另一些记忆有关
那些沉甸甸的，侵入肌理的
有光的事物
比如萤火虫，比如星星浩瀚得那么具体
比如无数个夜晚，无数个你记得这世上的月光，
　　照耀
的样子，仿佛可以，装进胸腔
比如某个身体，像炉火的光，在一旁温暖着
这时节，即便一场大雪，
雪花也是若有若无

二

湖边小径尚无人踏过

荷塘里的水鸭似乎不太怕冷

腊梅和红梅在雪中的样子

和阳光下的样子

不一样

雪一下，空气就清了

来来往往的人也多了

怎样在这雪中呈现自己，都够不着它的洁白与

　　寒冷啊

看不见的变化在雪中显得愈发明显

如果一路走来，除了美，你都无所谓

你也可以在这雪中

自如一些

黑　暗

直到此刻
我才想起灯光的全部意义
它也许意味着美之璀璨
也许意味着温暖的巢穴
它也许还意味着，人类喜欢置身的某种幻觉
人类与动物的区别，以及与太阳的连接？
此刻，坐在油菜花地里
灯光成为一个遥远的背景
我想起来，灯光有时候像一把刀
它割裂了，太多东西
许多年了，夜色像碎片一样在我的周围无法
　　聚拢
它再也没有显现出完整的质地
灯光温柔地切割着
我再也没有能够置身完全的黑暗中
一如我再也没有置身于完全的光明下
再也没有像现在这样，坐在微凉的田埂上

双手抱膝，听着夜色将蛙鸣和蟋蟀声越裹越紧

而远山的轮廓，渐渐松弛

第二辑

洒水车

我常常想
清晨准时经过楼下的那个司机
是男的还是女的
他有怎样的家庭
他年轻的时候是不是也很帅气
他有没有孩子
坏天气会不会影响他的心情

他每天经过我家楼下时
会不会感觉
有什么不同

我总觉得
他会得到
眷顾

他会不会知道

在高高的十六楼阳台上
有一个小孩
每天都会看着他
和他的车经过

每个城市都有一条平安大道

今年国庆
我在家看报纸
报上说武汉人民节日消费了 100 亿
有一万人被堵在路上
误了回家的火车和飞机
报纸上还说
天津车祸死亡三十五人
安徽宿县死亡十人
河南两车追尾十一人遇难
……
放下报纸
我出门去找在外玩耍的儿子
他正在马路边
指着一辆公共汽车大叫
"救护车!"
我走上前去对司机说
请走
平安大道

蓝色星球

你在星球上玩耍
旋转着小小的身体
微笑
我看到背景
是蓝色的

我够不到你的星球
地球上
有些什么样的妈妈
和什么样的孩子
我也不知道

我将从此和你一样
藏好自己
你渐渐丢弃的那些
我捡起来
将它们
背在身上

开裁缝店的汪师傅

小区里有了一家便民裁缝店
店主叫汪师傅
年过六十
在工厂做过三十年衣服
汪师傅就睡在他的店里
我经常看到，汪师傅的儿子
一家连锁餐厅的老板
派员工来给他的父亲送饭

接连几个黄昏
我儿子都要求去汪师傅店里玩
有一天
汪师傅开了空调
备了水果
坐在门口的小板凳上
他说他在等我们
但儿子

只是玩了一会儿汪师傅的轮椅

就离开了

羞愧之心

玻璃窗上积了水蒸汽
女孩用手指在上面画图案
男孩脸贴着玻璃
看着外面的红啊
绿啊
一些人正在归家
羊肉汤馆还未打烊

汤碗里浮着青绿
多少盛宴正在上演
你满足于一碗馄饨的香味
我生出羞愧之心

宝

下午我回家
屋子里的颜色变暗了
你去了爷爷奶奶的家
你空出来的那些地方
多了许多我原来看不见的东西

我看到阳台上的壁灯开着
知道是你干的
只有你　会在白天偷偷把灯打开
昨天你帮忙收拾玩具
收拾你心爱的小书本
你显得很开心
你似乎没有想过
在你离开家后
阳台上的灯
一直开着

宝

听说你病了

咳嗽得厉害

我去看了一场摇滚演出

看了一场球赛

我没有坐三个小时的车去看你

夏天已经在来时的路上了

夜晚的灰尘有些重

你在电话那头叫我

声音含糊

你反复地叫我

来来往往的街道安静了

灯火在夜空里隐退

星星出没

在大海上　你的笑脸

在月亮里升起

小小的泪珠落在

妈妈的脸庞

冬 夜

从秋天到冬天
我每天坐一辆公交车经过
那处塑料棚
洒水车冲刷着它
垃圾掩埋着它
今天
我从另一个城市回来
看到了一只冒蒸汽的小火炉
一张床
男人女人
以及包裹严实的孩子
风掀开了塑料布
他们在自己的洞穴中
看了一眼外面的世界
在食物的沸腾中
他们的眼睛，是雾蒙蒙的
他们看到一辆车穿过

城市的废墟
车上的人
想在冬夜
早点回家

候诊室

老汉垂着昏黄的头
妇女坐在法令纹中
这是背景
六平方米斗室
说话者都是本地人
年轻妈妈脱掉凉鞋
挠脚指头，"反正是治不好了！"
老太抱着双臂。"对个狗子好它还能给你
　看门！"
用手机看韩剧的人头都不抬。"心疼都来不
　及撒！"
更多的人虚怀若谷。"做一天和尚撞一天
　钟吧！"
有一人例外
她跷二郎腿，左顾右盼
车钥匙转圈，指甲银光闪闪
她脸上写着"我才不属于这里"。

没有人对此表示异议

她是新来的

简　单

你上坡
我下坡
你滚在草地上
我在草地上滚

你是天真的孩子
我是游戏中的一个角色
有时我长出翅膀
有时，我充当一个静物

游戏需要的角色
我都扮演
虽然你从来不知道，游戏还有其他的玩法
而我也一点都不在乎
其他的大人都在忙碌什么
我一点也不喜欢当
这样的妈妈

但我愿意，我真的愿意

陪你

上坡，下坡

今 夜

今夜
孩子唱了两首歌
对我笑了好几次
晚饭剩下的不多
往马路上跑时被我及时拉住了
便利店的店员没有对我们生气
归家的路上，我们手拉手
他对着镜子做鬼脸
我帮他洗澡
讲故事
和他一起关灯入眠
——然后，我醒了

今夜，魔法师一直在风中
忙碌着，天桥上的提琴声
传遍了长江两岸，看星星的人
都去了街边那家

咖啡馆

今夜
只在今夜
我想过和你
互道晚安

妈 妈

有一次我回家
妈妈做了一种鱼
爸爸说好吃
我也说好吃
下一次我回家
妈妈又做了这种鱼
我说好吃
爸爸说
再好吃的鱼
一个月里天天吃
也变得不好吃了呀
我说爸爸你怎么不告诉妈妈呢
爸爸摇头
说
有些话
一辈子都不需要说

母 子

她的背影是突然出现在我面前的
在酒店的大堂里

那时候我正靠在沙发上
看对面墙上的一幅画

她走得复杂
脖子和背是超现实的
衬衣裹着的肥胖身体是野兽派的
唯一的一只腿
在吊灯的照耀下
显得抽象

旋转门边人来人往
宛如丛丛幻影

当她侧身出门

在那个所有人都看起来像幻影的下午
我突然发现
她怀里抱着一个正在酣睡的
婴儿，他古典的气息表明
他们
是一对母子

阳光下一场温暖的午睡

一条小河静止不动
麦田像是河流的影子
阳光从树叶间落下
就变成了蓝色

那时
小妈妈多年轻
怀抱滚烫的婴儿
……

在城市的上空
梦境　像树叶
在深秋
凝固着

与　夫

墙上的相框要脱落了
桌椅下的尘屑许久没清扫干净过
阳光一点一滴地收走了衣裳里的水分
茶杯里的茶垢是新鲜的
光阴深切
说不出口而终于没有说出口
那些红的　白的　紫的……
都是关于你
那些坚硬的　忧伤的
温暖的　粗糙的
都是关于你

仿佛时间　在一个秋叶黄的下午
醒来
在一张白发苍苍的床上
仿佛　阳光打了一个盹
转眼

孩子大了

进入你的混沌
我像一个孩子那样
脸上挂着泪
安眠

第三辑

动物之歌

人在爱欲中才能如动物般毫无心肝地活着

有时候我想我是否是一只野狗？
我只是要
找一个交配对象
体面地度过春天
秋天到来的时候
我就成了一只疲惫的空洞的发黄的家伙了
我舔着自己的毛发想起
那些在你身上的湿漉漉的日子
我拍打着尾巴
用恬不知耻的牙齿咀嚼着下一个发情期的样子
你是看不到了

有时候我想我是否是一只猫？
我需要你喂养
吃你剩下的食物

蜷缩在你脚边

仰望你

我需要你的抚摸

在你面前袒露身体

多舒服

我是你的小宠物

我变得很小很小

被你放进贴身口袋里

被你丢到空中

我没有骨头

你走过的空气中飘浮着我的毛发

有时候我想我是否是一匹狼？

我喜欢你身上流淌的血

热气腾腾的血

然而我厌倦人的气味

我只在饥饿的时候才靠近你

撕扯你

你听不懂我的语言

你始终不能在我身旁安睡

当你感到疲惫时

我的眼睛将变得阴绿

我将再一次确定自己的骨头

回到我的月光和原野

有时候我想我是否是一只蝴蝶？

我没有思想

没有灵魂

甚至没有肉体

我只是一片低等的，没有重量的，原始的物质

你只看到了我翩翩飞舞的样子

你只看到了我五彩斑斓的样子

你只是和我一样在做梦

梦啊

醒时同交欢
一片酒红色的香樟树叶扑向大地时是那般虚无
醉啊
整个宇宙地球森林建筑物垃圾场舞动起来时是
　那般混沌
只有我是轻盈的
只有你，合拢的怀抱
是真实的

幻想曲

那日到来，我们都还未曾觉察
竟过去这许久了
日子好像还在无尽延展
一切不可能的都变成可能
你怜悯我刚刚渗出的白发
我爱你不断增添的脸上的皱纹
像今日此时，甚至更爱
甚至，你的手穿过空气靠近
像第一次那样，我甜蜜地回应
每一刻，我们都怀着新生的喜悦
我在你的爱中学会了爱，最终
我们都成为了整个世界
除了死亡，我们不再欠缺什么
这人间，永不再害怕别离
甚至，这美好的一生已无足轻重

单　纯

如果我以男人的面目对你
我将是一个饥饿的猎人
怀揣枪
和匕首
我需要的是腥甜的肉
和新鲜的血

如果我以女人的面目对你
我将是一只自投罗网的小动物
我将永远不能学会
狩猎，和
逃避追捕

七月短章

一

有一天我的梦想都会实现

想在早晨亲吻孩子就可以在早晨亲吻孩子

想在夜晚去街上走走就可以去街上走走

想变小时就可以变得很小很小

想跳舞时世界就剩下我一个人

我还想吃很多辣椒

吃很多冰淇淋

喝甜酒喝到醉

晒太阳晒到头晕

我还想

说的话都是小鸟说的话

做的梦都是小狗做的梦

所有让我想逃避的事物

都不再需要我

二

蝉鸣实际上整个夏日都在
你听
除了铁块敲打和汽车鸣笛
还有蝉鸣，你想听时
它便在。你知道它藏于深林
栖于大树，却不知是哪根枝叶
你怀抱住整片森林
才能怀抱住蝉鸣

三

你从夏日中起身
仿佛经历了无数个暮年醒来
这是哪一生哪一世
你从未等你想等的人

从未停止你想停止的漂泊
你从未有过对于衰老的记忆
你们各自和许多人相爱过
但都在青春时死亡
不敢老去的人啊
必经一场初恋
才肯放过这一生

四

让我来告诉你什么是陪伴
我用一个完整的我陪伴你
用我的丰盈和空洞来陪伴你
用我不断得到和失去的一切陪伴你
我在气味、声音、光线、温度里陪伴你
我在转身、奔跑、睡梦时陪伴你
我在整个宇宙的生命当中陪伴你

我在人类的变迁史上
在万事万物的光怪陆离，轮回无常中
在灵魂的虚实，在肉体的兴衰里
陪伴你
我在时间的有限和无限里陪伴你

情　诗

我有过无数次忏悔
为我一生中的虚空

我忏悔
我曾试图离你而去
在你睡着的时候
我忏悔
时间的流逝

天地之间

一片破败的桅樯
匍匐在石块下勃动的昆虫

春天
野油菜花给阳光涂上花粉

几声狗吠自风中传来
锁链轻响

最初的那个人世间
地壳是滚烫的

风

那晚上风
穿过长长的林荫道
来到这片小树林
世间所有的风
都来到这里
杨树　杜英　香樟
安安静静
绿色遮蔽了蓝色
星星仿佛很远
湖水漫漫涨落
微微露出
裙子的下摆

有一个人
刚好也在

分　离

不知道痛是什么时候侵入的
不知道侵入了多久
用一场发烧来清洗
洗去身体残留的幻觉
我知道身体将被分离
一个老人或一个小女孩将被分离出来
她们不能合为一体
不能
她们不能存在于一个生命与另一个生命的交
　　接中
每个生命都欢迎小女孩
快乐的、单纯的小女孩
肉欲的、邪恶的小女孩
而老人，眼泪，皱纹，深渊，都该藏好，从不
　　轻易露面
肉体的分离
需要一场仪式

我坐在阳光下

微微上升

剥离的感觉是一阵阵的，轻灵的，空气中充满
　　醉意

我爱你

"我爱你" 不是一句情话，不是承诺，而是一句指引。

我要你爱赤裸的我

一无所有的我

我要你宠我

我要你赞美的一切都与我有关

我想要父亲的时候你就是父亲

我想要爱人时你就是爱人

我什么都不想要

你就什么都不是

你要我爱你的一切属性

你疲惫时我就要爱上你的疲惫

你年轻时我就爱年轻

你沧桑时我就要爱上沧桑

你希望我对于男人的幻想全都在你身上实现

——好像那些骗人的情话，能变成真的

你永远不要妄想控制我，占有我，羞辱我
你要随时能接受我离开你，不再需要你
我永远都不能试图与你捆绑，我要时刻准备祝
　　福你
找到更好的生活——哪怕与我无关
——好像我们都是情场高手似的

你希望我别害怕，别害怕黑夜和闪电
你希望我一个人就能活得很好
我希望你别偷懒，别指望有人来照顾你
——好像，我们永远不会厮守似的

我们要共同创造一种东西
驯服我们的兽性，让爱情这种小事件
归入大世界——好像
好像我们不是人，而是神

不可能啊，两个人要做这么多事
不可能的
等一切慢慢呈现——
是光明还是阴影将我们融为一体
或终将使我们分开？
在时间之河？
——好像，好像我们终将忘记
彼岸——

萨莉亚

萨莉亚是一个女孩的名字
有一天她坐在水边
凌乱的长发
缠住细长的脖颈
妩媚的睫毛
盖住了双眼
绿色的水草在水中摇晃
萨莉亚说她看见了麦浪
男人，像麦田上的太阳

世界尽头的小旅馆
24 小时的夜
萨莉亚说，两个多月过去了
麦田的气味
牲畜的气味
她怎么也忘不了

床

当男人和女人
相拥而眠于一张床上
这床就变成了
大海上的一张床
周围的一切都沉没了
孤零零的大海上，只有床在飘荡
如果夜空有星辰闪烁
男人会独自醒来
如果太阳升起
女人会独自观赏
一张床载着男人和女人
如果它永不沉没
男人和女人会同时醒来
在大海的
另一边

冬　眠

亲爱的，你看树梢
都白了，荒原上只剩一串
脚印，世间没有什么可以驱散
今夜的寒冷
我们相拥时
我褪掉了皮毛，死去
然后按照，人的样子
活了过来，我不再是
一只野兽了

我不再是一只野兽了
你就会抱着我
走向深深的，深深的
被大雪覆盖的
村庄

风 过

风大
衣裙翻飞
凌乱地看你一眼
你抱紧双臂
走得很快

青草地那么近
蓝得像海
像大地
像脚下的
流水
将我淹没
我突然抱紧你
这多像最后一次啊
那永远说不出口的话

呼　吸

你匍匐在我面前
像一只幼兽
你在一种人面前自怜
在一种人面前撒娇
你是女人
还是猫?
你爱的是男人
还是一件冬日里的暖毛衣?

空房间

此刻

阳光在窗帘外

她在阴影里

烟灰缸两小时前

是满的

她听到

头顶的天空

飞机缓缓地划过

很久以后

她拉开窗帘

看到

窗外

夕阳下的大运河

大运河静静地流淌

灵 魂

亲爱的
你把我抱得越紧
我越是觉得毁灭
会离我更近

我们住在同一个身体里
却各自拥有一个灵魂
我总担心
有一个睡着了
另一个
却还醒着

清　晨

那时候天还未亮
她坐在床沿
想昨夜的梦
她知道忘掉的是哪一部分
她在想
活着和哪一种音乐有关
她的头发乌黑
双脚冰凉

清晨疲惫
尘世显得虚无
夜晚做爱的男女
从不相拥而眠

声　音

在你的身体里遇见
灯塔，呼吸仿佛
海岸线
在耳畔诉说
低语
有时也抽泣

潮涨　潮落
月光里涌起
海浪

在你的身体里感觉到光
感觉到
声音来自一枚贝壳
你成为贝壳中的一个点
随时消失

逝

曾经
我以为公交车
是世界上最好的交通工具
人越多
路程越远
我越高兴
因为你会紧紧地搂着我
在人群中我们就像一个人
我还想
以后我一定不让你买车
因为有了车
我就必须坐在离你那么远的地方
我就会觉得
孤独

我会爱上因思念你眺望过的
每一片原野

风在下游醒来
河滩在大地上裸露
昨夜船驶过的痕迹还留在江面上

你不愿回头看一眼身后的原野
麦田覆盖的原野
一棵树立在麦田上
你不敢回头看一眼
一棵出现过无数次的树
你不敢回头看一眼
仿佛命运
等待你
最终经过

晨光中
细沙飞舞
缓缓地将你覆盖

无　邪

在一个人身旁唱歌
午睡，擦掉口水
和一个人夜晚走路
星辰低垂
一本童话书里画着
雪原上
一只树熊与獾相遇
用浆果取暖
和一个人做游戏
收集他容颜的秘密
在他转身的时刻
退，退到森林里
风过
枝叶喧哗

第四辑

春　光

黄昏时，我路过那里
雏菊仰起一张微笑过后的脸
蓝紫色的婆婆纳伏在草地上
蒲公英捂着嘴唇惊呼，空气被青草的香味搅
　　动着
我路过那里，那里似乎响起过钟声
似乎停留过欢笑，也掩藏过叹息
我看到鸽群骚动不安，又仿佛带有一种
习惯命运的寂静，高高的塔身倒映
在河流上，冬去春来如此
只是白玉兰的花瓣从塔身上顺水漂走
我路过看得见的——万物生长，也有看不见的
在腐朽。我路过看得见的地方，同时也去了另
　　一个
看不见的地方，那里，有世界上最好的春光
那里的春光是安静的，温润的，唇齿相依的
那是只有我一个人才能抵达的春天

我的心跳，与季节的脚步声一致，有时，又走
　　在了它前面
我路过的这个黄昏，与往日一样，与往日
有些不同。

宠　物

有一次
王琴坐在我对面
她戴着一条围巾
我注意到围巾下面的流苏
有深深浅浅的折痕
我注意到她的手
那是一双
需要抚摸点什么东西
的手

后来
我有好几次想起王琴
我想到
她坐着
不说话
抚摸怀里的宠物

常　态

天空是晴朗的
天气预报却说是雨夹雪
昨天是一个老人要征服世界
今天是一个少女厌倦了爱情
穿梭的人生
时常有幻觉
以为抱住的是别人
其实是自己
把沙漠当成了道场
把恨当成了爱
把爱，当成了武器

寒　冷

苹果树的恋人是石榴树
蚊子去了蜘蛛的家
玻璃屋顶上的月亮
已经失踪多日

星球上
有一架望远镜

对面的山岚
起了雾

动物之间

小区池塘里有锦鲤
还有一只浮出水面的乌龟
当人靠近
乌龟便缩脖子
躲到石头缝里去了
它和人是有距离的
即便它是一只被放生的龟
它已经明白了一些事实
比如人在草丛中捡到一只鹅蛋
会想起煎蛋的香味
随后赞美公园里的生态
比如人注视广场上的鸽群
会闻到鸽汤的鲜美
然后是翅膀划过天空的圣洁
比如，两个已婚的人
需要相互饲养

故　乡

故乡，退回到了一幅画里
它有着，淡蓝色的轮廓
那屋檐是，晚霞勾勒过的
一颗星星安静地，挂在边角
它有着粉红色的浮雕感
春天一到
桃花就会飞出来
呼呼的风，把画面都
吹乱了

我在画里见过一个小女孩
她倚在一棵桃树上
她在想什么已成为永远的谜
她不认识我
她一路洒下花瓣
我伸手去触摸时
它们已消失在空气中

我还见过桃林深处的一条小径
那条路上的脚印是小小的脚印
证明去过那里的不是我

我的故乡
退回到了
一幅画里

黄　昏

路边等车的女孩
穿着黑丝袜
提着蛋糕的男孩
身后跟着妈妈
摩托车
和自行车一样快

你在盆地里走
遇到
公交站牌

你回到房间
加了件衣裳

醒　来

1

她醒来
27 岁的女人
腰　小腿　脚趾
一点点醒来
从柔软的部分到坚硬的部分
她的心脏醒来
头发醒来
她需要和血液
一同醒来

她在不同的季节
不同的床上
醒来

2

6 岁的女人
她揉揉屁股
抹掉腮边的口水
"爸爸"
爸爸带她去排泄
这是醒来
最梦幻的仪式

她让甜蜜的部分先醒来

3

33 岁的女人
她赤裸着醒来
变换姿势醒来

她拥抱着自己醒来
她缠绕着醒来
攀爬着醒来
她从头发中醒来
从乳房里醒来

她的上面醒来
她的下面醒来
她醒来之后
发现一个一模一样的女人
还躺在床上

4

40 岁的女人
她在嘈杂声里醒来
在寂静中醒来
她在地狱里醒来

她在天堂里醒来

她在自己的身体里醒来

在别人的身体里醒来

她在五颜六色中醒来

在黑白中醒来

她必须醒来

她必须把所有的她都叫醒

依次进行生命的仪式

穿衣，洗脸，打哈欠

出门……她每天都要醒来很多次

5

60 岁的女人

她在空白中醒来

她在丰盈中醒来

她在宇宙中醒来

她在缝隙里醒来

在呼吸中醒来

她拒绝醒来

她再也无须和一个世界

一同醒来……

6

她同时醒来

依次醒来

她交织着醒来

完整地醒来

破碎地醒来

她朝自己醒来

朝自己的反面醒来

她在世界之中醒来

在世界之外醒来

空

我看到一位老人
往公园里一株高高的丁香树上扔树枝
他扔了一下午
最终什么都没有打落下来
因为那树上
什么都没有
没有果实，也没有鸟巢
有人说
老人是个疯子

每天，我都要去那座公园散步
每次离开时，我都回头看一眼
有时我发现
公园里
空空荡荡
什么都没有

秋千架

一个下午
足够落叶铺满地面
草丛里散落一些月季
你在秋千上荡着

你披了一生的月光
轻盈地穿过枝叶的阴影
人群在远处欢笑
低语
你荡在秋千上
从不回忆往事

溺水者

有时候悲伤像石子投进湖里
你有了向岸上的人伸出手的欲望
但你只是在水中
屏住呼吸
是何时你学会了不再谈论自己
在最深的夜里也拒绝谈论自己
你听到岸上的人在描述友谊以及爱情
你祈求不要
不要将水中的事物放到阳光下
你真的学会了在水中
滑行，屏住呼吸

喊一声救命已是不可能了

沉　默

我痛恨语言
却和你说了那么多话
它让我觉得
生命里多了一段哀伤

打　扫

是时候
开始打扫了
这藏身之所
这落叶
残花
不知何时涌进的风雨
交织
杯盘狼藉
角落里的石子爬满黑色的苔藓
它们曾撞击，火花四溅
墙壁上的裂缝
经年累月
时间的尾随者
在地底呻吟

清理这
血肉之躯
魂灵所剩无几

分　离

一

我看到了回到婴儿时代的我
我问母亲，你怀里的我是什么样子
母亲甜蜜地回忆着，但描述的是另一个婴孩的
　模样
母亲拉着我的手，眼含忧虑，疼痛
如同我的孩子第一次生病，医生关上了门
门外的我消失了，剩下掌心，空着
剩下味觉，饿着
我以为一生的命运就是等待，等待填满，等待
　饿了吃

二

我看见我的恋人，他以碎片的结构走向我

他走的时候碎片在流动，有些流向我，有些流
　　向了
我永远无法抵达的地方。我永远也无法抓住那
　　些碎片
就像，他永远无法以他的完整进入我的完整

三

我看见无数个我走着，走在无数的路上
风吹过来——穿过了我的身体，然后是尘埃
我再也没有洗净自己。以及倾盆而下的雨
我从此有了雨的质感，还有声音，来自各个
　　时空
从此我想象寂静，仍不确定——
寂静是否存在？

四

我看到曾经溢出谎言，吐出妄语的我
我看见，在谦卑面前展示骄傲的我，以及
在阳光下伸出枯枝的我
渐渐地，越来越多的我被看见
越来越清晰
每一个我都试图占据我
成为全部的我

五

我用一生去学习
学习分离

告　别

在博物馆的橱窗里
你看到自己正在与一个异性热恋
那时候你 20 岁

在一个梦境里
你看到了十年前的星空
在高原上
星星被你看哭了

在菜市场的鸽笼里
你看到童年的自己
耳垂上长茸毛的小孩
正在帮妈妈浇菜地

你说青春期太长
好似身后长了尾巴
忍不住总想回头看

你说你其实不完全在那儿
在他们中间
你把自己带到了一些其他的地方

你说，有种感觉
早上醒来
你什么也没做
你依然能感觉到，有一部分
正在消失
消失

湖　浪

今夜星空下的湖水
仿佛黑色的马群
它们撞击着黑色的石头
我从心里取出无数条鞭子
由远而近地抽打它们
我想让它们喘息得更加有力一些
我想听到嘶叫和哀鸣
我用力地抽打着
直到它被淹没
在黑色的马群中

回到雾里

似乎是冬天，行李都收拾好了
在教室的最后一排
是你吗
你问我
你最喜欢什么地方
我想啊，想
我坐在老楼的屋顶
看下面的桃花林
有一些年轻人　有潮湿的脚步　有雾
雾飘来，荡去
我们坐在一块石头上
谈笑
也许是那片桃花林里的石头
我望着你
像有温暖的火炉在旁边烤着
我从一个梦进入另一个梦
在每一个梦里都看到我们

是快乐的

我不敢醒来
怕一动
那雾
就散了

兄　弟

我从未想过
在你们的衣服下面
也生长着男人的身体
我从未想过
你们忧伤时候的样子
我爱你们
也爱你们的女人

寒星低沉的夜晚
我们围坐在火炉前
这是一场期待已久的盛宴
谁也不必挽着谁的手
谁也不必为谁担心

这个世界上
只有男人才能理解男人

那个酒桌上的老人永远地爱着角落里的那个美
　　少女
不顾年老体衰　　睡思昏沉
我不会笑他痴傻　　也绝无半点怜悯
我一直地坐在自己的高脚凳上
收集时光里的白发
和青春

第五辑

大悲巷

大悲巷的砖是整齐的青砖
烟囱是德国式的
窗户高过树梢
爬山虎长了很多年

有一晚我看到大悲巷的灯光
夜晚骑车的行人穿过自己的影子
有人在树后低语
将白天丢进幽暗的草丛里

烟蒂熄灭
小白花的香味越来越浓
看不清来时路
夜晚的大悲巷
藏了一座庙宇

海之晨

把感冒锁在小房间里
小松鼠移到了马路上
它丢下咳嗽当作路标
梦像毛线团一样跟在身后
风将长尾巴打了一个结

鞭炮花一大早穿起裙子
空气里有椰子汁的味道
小精灵们倒挂在榕树上
哈欠声此起彼伏
百香果用露水洗净了脸

太阳在海的那边翻了一个身
清晨出海的狮子脸上
有着不一样的情欲

镜 中

如果那镜中

不是一个巨大的花瓶

和几样静物

而是你

在一张暗红色的书桌旁

颔首深思

并能感受到我的注视

我会不会

更加确定

我就是那个一脸沉默

面目姣好

戴着一只珍珠耳环的

女人

蓝 色

蓝色的山脉
从水上飘来
一只桐油小船
荡在蓝色的日光下
一只小水鸭子
在蓝色的风里瞌睡
相依的你我
呈现两种蓝色

名　字

写下一个名字

在一张暗红格子的信纸上

那不是你的名字

是一首歌的

名字叫

《22 年的别离》

那个列车员在偷菜

那个胖乎乎的列车员
溜下车了
他瞄准铁轨旁的一丛扁豆架
朝着那些紫红脸的豆子下手了
他上蹿下跳，制服敞开，脚上粘泥也浑然不觉
当他揣着四口袋蹦蹦跳跳、胖瘦不一的豆荚回
　　到车厢
所有人都笑了
难道这火车，是为他偷菜而停
难道，这个每天坐火车归家的男人
长长的大地，是他家的菜园？

那夜马路边上的大雨

街道上的潮汐正在退去
夜灯像贝壳挂在树梢
赶路的人们
悄无声息，浓雾中
汽车驶向荒野

雨水正从你的指尖
滴下，你的手指
又冷又饿
抚摸起来像
一个卖火柴的
小女孩

雨水漫过车窗
茫茫的大海上
有一条船

雾

那密林更深处
慢慢升起的是什么
好像一场梦境
此刻没有人语
没有风穿过枝叶
远远的人世也听不见了

你昨夜做过什么样的梦
在还未醒来时其实早已醒来
你经历过怎样的时辰
在独自一人时其实从不是独自一人
你怀抱着的爱情
它在雾中升起
也在大片的雾中
温柔地降落

雾

出发去海边的时候
海岛还在睡梦中
一些鸟儿起得和我一样早
和我一样睁着大大的眼睛

一个白发老人在浪花中垂钓
他偶尔咳嗽
将棉絮丢进浓雾里

我感到了从遥远地方传来的电波
划过海面就像在报告一桩轮船失事的消息

在最高的岩石上
我感觉不到有什么事将要发生

小　虎

你是一只有花纹的老虎
你的牙齿整齐
毛发浓密
眼睛像星辰
你顺着一条小溪散步
故意留下许多空虚的脚印
你是这个夜晚唯一的老虎
肌肤温柔的老虎
不愿再捕猎的老虎
你在洞口唱歌
驱除丛林里的寂寞
寂寞　它也正对你唱歌
我的小虎

小木屋

我们睡着了
又醒来
接着又睡
屋顶上画着一朵雪莲花
屋外的松树林正在下雨
屋外的荷塘正在开花
这一天
清晨和黄昏没有什么区别
被子里很温暖
后来
你点亮了一盏灯
季节就转换了
雪莲花在灯光里飘落
雪莲花在松林里飘落
我们坐在雪地里
我们坐在
世界上唯一的
小木屋里

一刹那

一刹那
男人觉得女人真的
像自己身体里的，一根骨头
共用皮肉
而女人觉得，男人
像一位神，她从此只需要
作一名信徒

一刹那
很短
但已足够
男人和女人
收藏对方

于是上帝满足了
伊甸园里
后来发生的事

都转交给了

死神

影　子

它横躺在地板上
好像穿着毛衣
它模糊不清
没有唱歌

它和我之间
隔着一把椅子
我听到它的心跳
有一万种回音

那把椅子
一直在挣扎
朝着灯光

雨　夜

轻轻地抱着你
你在我的怀里轻轻地呼吸
你轻轻地睡着了
不知道外面
正在下雨
一些人在夜里赶路
雨已经下了很久
我们的窗户被淋湿了
木门一直发出奇怪的声响
纷乱的雨声
让我想着大海
夜已深
我在你的梦里
想着海上的风浪

原　野

这是一片纯净的原野
静得只有白的雪
一只野兽步入
淌着鲜红的血

它发怒，撕落一地皮毛

雪花温柔地拂落

"告诉我这片原野属于谁?"
原野
它只以雪落的静美作答

月光曲

月光，夜色下唯一的生命

你听
那哀伤的情欲
正在世间
激烈地奏响

一只白狐
寂静地穿过
沉默千年的荒原

大海上没有浪花
水手在星空下航行

无边的幻影
抖动在青石板的
光晕里

恋人们在操场上蹲下身
仰起头
等待亲吻

舞会曲终人散
美人卸下面具

男子在空巷驻足
聆听白色的情欲
在音乐声里
如泣如诉

在水中写下一首诗

山林深黑
夜合花开放
蓝色眼睛的土匪
虎视眈眈
在林间小路旁

沿着漫长的湖岸线
我来到水上
写下一首
诅咒你的诗

自　由

无人能轻易抵达，它只会自己显现
无人能独行，也无人能找到同行者，
无人能窥见全部
而全部早已打开
爱，也不能带来捷径，甚至爱
会成为障碍——它是一座高峰
也是深渊
为了爱你，我学习不爱
为了治病，我成了病人

第六辑

落日在森林上飞

你要刚好在下午五点半
在一节绿皮车厢里
在半开着的窗边
昏昏欲睡
你要做过好多梦
喜欢过好多童话
你才能想象
在针尖似的森林上面
落日飞翔的模样
和它飞翔的心情

镜　中

一

时间匀速地在男人女人脸上
攀爬
到高峰处
男人脸上
有时候会现出魔法
女人脸上
永远是灾难现场

二

下巴在失重
更多的部位在失重
父亲和母亲的脸轮流浮现，有时重叠，
白发里娩出青丝

陌生人——

那是一颗痣

还是孩子脸上的饭粒?

那是干涸的血迹

还是经年的吻痕?

那些雕饰你的名字里

你填上了月光,爱

幻觉——

三

她美么

也许是美的

摇曳的

它美么

它的美非为任何人将它捧在手中

非为镜中人的笑

甚至
它非为一颗永不生厌的心
一颗永不生厌的心
她美么
也许是美的
虚空的
当，它成为她
美便难以寻觅

四

将镜中人全部推翻
从欲望到被欲望侵蚀的每一寸
皮肤，到毛孔
从肯定的到否定的
将镜中人全部剥离
从外衣到内衣

从袒露的到伪装的
接近赤裸的

一段痛苦的形体
将局部销毁
将整体重建

冷　漠

那么多人在你周围活着
在你的寂静里穿行着
敲打着他们的命运
他们在河的对岸扑腾
大声喊你的名字
上帝的名字

你闭上眼
捂住耳朵
你小心地捂着胸口
小心地让它跳动
小心地不让它停下来

气　味

我是一个靠气味活着的人
我能分辨一个人身上的所有味道
有人潮湿
有人血液太干
有人被灰尘覆盖过
有人身上全是雾
有人的气味属于另一个时空
有人的气味无法传递
有人等同于他吃进的食物的味道
有人被什么东西腌臜过

通过气味我能闻出性别
能知道一个人的前生
他干过的好事和坏事
他沾染过的男人和女人

好的气味成分复杂

它交织了白天和黑夜的味道

天使和魔鬼的味道

天空和海水的味道

老人和婴儿的味道

它有催眠的力量

好的气味没有性别之分

好的气味是肉的气味

筋骨的气味

我喜欢的气味是阳光下冰雪的寒冷

是黄昏时落日的仁慈

墙

平原上有时也冷
穿上暖和的衣服就不冷了
平原上的人想象不出极地的寒
他们无须想象过于遥远的事情

小孩有时也会生病
它们都知道吃了药病就会好
小孩不懂绝症
他们无须懂尚未发生的事情

在你和命运之间
有一道墙
有多少人走到墙就走到了尽头?
有多少人曾经到过墙的反面?
在那里,陌生的事物像
风中的钉子
在那里　血肉之躯
不值一提

敲　打

主妇蹲在地上
把螺钉一个个拧进木头

她装订了一张桌子
和两把椅子
额头冒汗
手开始发抖

她完全可以等另一个人
去干这件事

她只是想
让这安静的一天
发出一点
敲打的声音

声　音

声音里有各种精魂，来自遥远年代的精魂
在声音里保留了下来，它们穿过时空抵达我
环绕我，有时吞噬我。我独自迎向它们
我的灵魂回到它们的时代，而肉身在此地
主人们已死去多年，却仍在向我诉说
古诺和巴赫在一段声音里完成了男人之间最深
　　情的友谊
和人类最伟大的连接；在一段声音里能听出爵
　　士时代
男女的情欲，和巴洛克时期人们，对于神及死
　　亡的想象。
黑暗把一切遮蔽了，只剩下我，和声音
我在声音里走向声音，我不再去其他的地方
声音里什么都有，如同食物，发光
被吃下

失　联

如果我没有出现在那么高的地方
我会跟心爱的人长吻
我会给，家里的小猫
留足粮食
如果再给我——
一年吧，也够了
还有几个小梦想
几个亏欠的人
面容平静也许更好些——
昨夜做个梦就好了
我不再到街上闲逛了
不再抱怨路途遥远不去看望亲人
我甚至不再计较破旧的电梯运行缓慢
只要
在梦中我有足够的时间
去明天的报刊亭看看
然后将消息告诉，告诉更多的
候机者

夏 天

有时候

我的夏天只与这个国家有关

这个城市

这个晨昏

我生活的一线

我经过的荷塘、树林、公交站

我眺望过的楼顶、湖泊、地平线

偶尔

夏天也会被放大

大到无限

它不再是这一天

这个城市

这个国家

它不再仅仅是我生活过的一切

小城的火车

绿皮的车厢绿了
红皮的车厢红了
山谷里响起
报站的声音了

夕阳躲猫猫了
牛羊眯眼睛了
年轻母亲的
两个土匪儿子
要进城了

山长圆了
水流长了
小火车一进山
就掉进黑窟窿了

月亮睡醒了

星星眨眼了
忧伤的小火车
还在赶路呢

摇　晃

车厢里站着老人，和他的孙女
老人的脖子上有伤口，脸上遍布老年斑
孙女十多岁，扎着马尾
列车在地底呼啸
乘客们在静坐中昏睡
他们要去哪儿？
老人和小女孩，紧紧挽扶
仿佛他们知道，人世间没有的东西
别处也没有
他们相互依偎，仿佛在等待，一艘船，靠岸
他们就要接近
接近了
他们执手相看的样子，像一对恋人
仿佛那是，去往天国前
最后的相送

瑜伽课

现在请和你的身体在一起

停止挣扎
将它交付
将它，撒在大地上

打开　全部打开
那无数的暗道
从未被照亮
从未被抵达
将引你去往
更深的更遥远的
居所

呼吸——
带芳香归于花朵
引阳光靠近海岸

呼——吸
你是空的
你是呼吸的形体
你，就是呼吸本身

舍弃——
肉身
你是万物　你附着于万物
你是风　月光　草木　火焰
是死亡　是时间
你，什么也不是
你只是此刻
你安驻于　此刻

息止——
雷暴　阴影
距离　空洞

172

你作过的祈祷

你听到过的乐声

息止

温热极乐之地　　没有归途的路

永恒之召唤，永恒之幻觉

你用肉身弹奏过的音符

在一瞬间全部破碎

全部溢出泪水

玉泉河

玉泉河从林中来
在雨季
他赤着双脚

莲在山的那一边耳语
玉泉河走得很慢

玉泉河流经了多少年我并不知道
我将双脚浸入河水中
落叶慢慢地向我聚拢
没有起风
玉泉河依然在荡漾

当春天
河两岸
合欢花吐出花蕾
迎春花奔放如少女

当江南的雪花飘落
你的清澈温暖了生灵
路过的人
放慢了脚步

玉泉河
玉泉河
那些没有我的岁月里
你是喜悦
还是难过?

直　视

老人驼着背
像任何一位回到幼年的祖母
来自神秘年代的她
有一双鸟禽般的眼睛
她看着你——
你闯入了这个世界
或者，她闯入了这个世界

你不敢看她的眼睛

汽车在身旁响了三声喇叭
她仍在原地
将身子全部撑在拐杖上
亦未能挪动
司机钻出头来瞪了她一眼
她低下头，像犯了错的
小女孩

你不敢看司机的眼睛

紫藤山

一

有一天我来到紫藤山
紫藤山里长满了紫藤树
热气腾腾的山里
人们扑向想象中的花海
我来到我的紫藤树下
紫藤花开在远远的山里
紫藤花挂在高高的树上

二

群山在身后仿佛羽翼
阳光依偎着云的影子
这一切正好
没有想象

没有旗帜　没有风
没有任何
多余的一切

三

我们谈到时间的延展仿佛脚下的流水一样无始
　　无终
我们谈到宇宙的黑洞仿佛
一个人之于另一个人未知的部分
我们谈到无生命的事物拥有了灵性仿佛
爱在相交的灵魂间以它的温柔和暴力入侵
我们谈到无处不在的执着仿佛
沉默者用语言践行死亡而再也没有走出来

空山里其实什么都没有
我们其实什么也没有说

所有发生的
都已安静下来

自　由

再也没有比现在更美好的时刻了

我不想把你塞进我的骨头里

也不想将你融化掉

在我一次次地吞食你身体的一小部分时

也并不想，将你据为己有

我们在彼此的身体中，经历着短暂的轮回

重生时

你我仍然，完好无损

我回到生活，身上没有你的印记

你穿好衣服，你穿好衣服的样子像

从来没有经过我一样

我们要携带着整个世界去爱

我们要背负着所有的过去和未来去爱

这所有的不自由，带来更大的自由？

在肉体蜷缩成的宇宙之中

在更大的宇宙之中

有一些的东西，在昭示

更大的轮回，它比年龄，比你我阅过的世事
更加彻底
有一些东西在昭示更大的轮回
悲伤隐去，肉体接近神性
这小世界，即是圆满。这溢出肉身的爱欲
即是一切，即渗透一切，
你的声音，笑容在延伸
在这个世上回响
而我将习惯
被震荡

后　记

　　四五年前，我从来没想过我会成为一个"诗人"，就是没什么更有意思的事做时可以写写诗玩玩的那种人。

　　简直是一个奇迹啊，连我都能写出这么多称为诗的东西，怎么走着走着就拐上了这条路呢。

　　最开始是被动的，纯粹是出于生理排泄，不写我就会觉得堵塞。

　　到后来，写诗对于我来说是一种我用来与这个世界建立更深刻联系，建立自身完整的一种方式。

　　我在这里发现了通往我的秘密宇宙的路径，我诡秘的心灵图景在这里得到了部分的建造。

　　写得愈多，我愈感语言文字的限度，以及人与之连接的限度和艰难。正因如此，这是一条没有终点，充满无限诱惑的路。

　　这是我的第一本诗集，以后不知道还会不

会有，也不知道，我以后是否还会写。不管怎
样，令我感到充实的是，这件事情我已经做过
了，感觉还颇过瘾。

图书在版编目（ＣＩＰ）数据

动物之歌 / 秋子著. -- 武汉：长江文艺出版社，
2016.6
  ISBN 978-7-5354-8709-4

  Ⅰ. ①动… Ⅱ. ①秋… Ⅲ. ①诗集－中国－当代
Ⅳ. ①I227

  中国版本图书馆 CIP 数据核字(2016)第 073997 号

封面题字：黄　斌
责任编辑：谈　骁　　　　　　　　责任校对：陈　琪
封面设计：江逸思　　　　　　　　责任印制：左　怡　　包秀洋

出版：　　长江出版传媒　　长江文艺出版社
地址：武汉市雄楚大街 268 号　　　　邮编：430070
发行：长江文艺出版社
电话：027—87679360
http://www.cjlap.com
印刷：首壹印务有限公司

开本：880 毫米×1230 毫米　　　1/32　　印张：6.25　　插页：4 页
版次：2016 年 6 月第 1 版　　　　　2016 年 6 月第 1 次印刷
行数：3142 行

定价：46.00 元